AF314705

THÉMISIANA.

THÉMISIANA,

OU

RECUEIL EN VERS ET EN PROSE

D'Aventures plaisantes du palais, Réparties singulières, Gasconnades, bons Mots des Juges, des Avocats et de leurs Cliens, etc., etc.

Rédigé par M. B.

Ne raillons point ici de la magistrature.

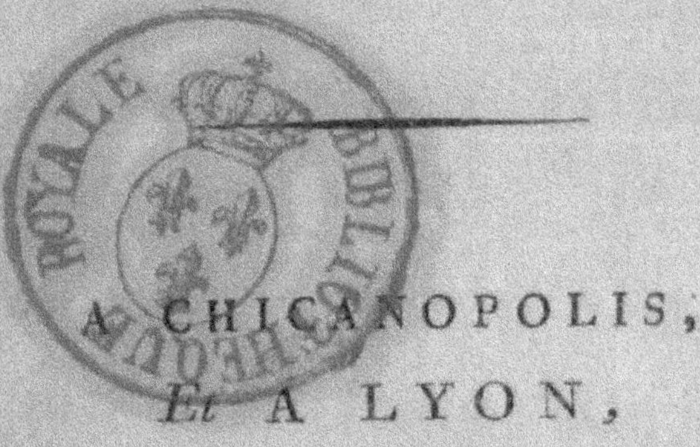

A CHICANOPOLIS,

Et A LYON,

Chez **CHAMBET**, Libraire, rue Lafont.

DE L'IMPRIMERIE DE J.-L. MAILLET.

1813.

UN MOT.

Je me suis hasardé, une fois dans ma vie, de donner au public un ouvrage de ma composition et un journaliste s'avisa de le critiquer. Pensées, réflexions, style, il n'épargna rien. Peut-être avait-il raison; mais, à mon avis, très-certainement il avait tort.

Ce début mortifia mon amour-propre ; car j'avais de grandes prétentions. Un ami auquel je confiai mon chagrin, me fit voir que je m'y étais mal pris. Chacun sait, me dit-il, que présentement pour se faire une réputation dans la littérature, le talent n'est pas de donner ses productions ; mais de savoir donner celles des autres. Il n'y a pas d'autres routes à prendre, ajouta-t-il en me citant beaucoup d'au-

teurs , dont la nomenclature
serait assez longue pour former
un dictionnaire.

Cet avis judicieux et plein de
vérité me ranima ; je me déter-
minai à rentrer dans la carrière
littéraire , très-résolu de ne rien
donner de moi.

Telle est l'origine de ce
Recueil. J'ignore s'il réussira ;
mais si on s'amuse à le criti-

quer, on se sera amusé à le parcourir, et mon dessein aura réussi.

M.** B.**

THEMISIANA.

THEMISIANIA.

ORIGINE DES PROCUREURS.

Quand le Père éternel pour corriger les hommes,
    Les noya tous un beau matin;
Il crut (car occupé d'un aussi grand dessein,
Il oublia d'ouvrir le livre du destin)
Que les vices, bannis de la terre où nous sommes,
Ne viendraient plus troubler le pauvre genre humain.
Il le crut ; et long-tems admirant son génie,
Tranquille il s'enivra de sa gloire infinie.
Mais tout est passager, et la haut dans les cieux
On connait les pavots aussi bien qu'en ces lieux.
L'Eternel s'ennuya (d'être seul on s'ennuie)
Et même il se surprit un jour, bâillant au mieux,
Alors pour se distraire, ayant braqué ses yeux
Sur le globule étroit où trottaient nos aïeux,
Il vit du bon Noé la race pervertie.
Quoi! dit-il, à part soi, mes châtimens sont vains
    Pour punir l'humaine folie !
    Cette engeance de vieux coquins
Se rit de mon pouvoir et me fait avanie !
Ah ! je veux leur montrer à ces petits docteurs,
Que je puis châtier leur insolence altière.
Je la leur garde bonne ! Ils verront ces rieurs
Quirira le dernier ! Alors dans sa colère,

L.

Laissant les élémens et leur vaine fureur,
Il nous fit un présent mille fois plus contraire
Que la flamme, que l'eau, que la peste et la guerre:
Il inventa les procureurs.

———

Maître Guincot, qui s'était fait une réputation par la manière naïve et singulière avec laquelle il plaidait, défendait un jour un maquignon, que l'on voulait forcer à reprendre un mauvais cheval qu'il avait vendu. Messieurs, dit Guincot, quand nous avons vendu notre cheval, il était en très-bon état; il était gros et gras. Aujourd'hui, comment veut-on que nous le reprenions ? On nous le ramène comme un *Ecce homo*, parce qu'on lui a fait faire trop de chemin, et qu'on l'a fait courir à ventre déboutonné : après tout, nous ne vous en imposons pas ; il est là-bas dans la cour, il n'y a qu'à le faire monter et comparaître en personne. Mais, nous dit-on, gardez le cheval à l'écurie une quinzaine de jours, il sera bientôt refait. Ah ! Messieurs, dit Guincot, ce que l'on demande n'est pas trop raisonnable, et d'ail-

leurs ma partie n'est pas en état de garder
pendant quinze jours, un cheval qui reste-
rait-là les bras croisés sans rien faire.

***

EPIGRAMME.

DANS une ville on allait pendre.
On mande un charpentier de construire un gibet.
Le charpentier de s'en défendre ;
On lui devait encor le dernier qu'il eût fait.
Allons, dit le juge à mon homme !
Fais-moi cette potence, et compte sur ta somme ;
Elle est mon affaire , entre nous.
— Oh ! Monseigneur, j'y cours bien vite ;
Si j'avais su qu'elle eût été pour vous,
Je l'aurais faite tout de suite.

***

LES tribunaux sont comme le buisson épi-
neux où la brebis cherche un refuge contre
les loups , et d'où elle ne sort point sans y
laisser une partie de sa toison.

***

UN avocat du dernier siècle , chargé de
défendre la cause d'un homme, sur le compte
duquel on voulait mettre un enfant, se jetait

dans des digressions étrangères à son sujet ; le juge ne cessait de lui dire : au fait, venez au fait, un mot du fait ! L'avocat, impatient de la leçon, termina brusquement son plaidoyer, en disant : « Le fait est un enfant » fait, celui qu'on dit l'avoir fait, nie le » fait ; voilà le fait. »

———

QUELQU'UN demandait à son homme d'affaires s'il avait beaucoup à payer, pour finir son procès. Il lui répondit :

Vous n'aurez que l'agent d'affaire
Et l'enregistreur à payer,
De plus l'huissier, le commissaire,
Le défenseur et le greffier.
Il faudra bien aussi, sans doute,
Payer le timbre, les écrits ;
Mais si pour plaider il en coûte,
On est du moins jugé *gratis*.

———

UNE femme de mauvaises mœurs accusait un mauvais peintre de Toulouse, ayant aussi peu d'esprit que de figure, de l'avoir séduite, et demandait qu'il fût tenu de l'épouser ou de lui payer les dommages-

intérêts. Comme il était fort embarrassé,
l'avocat Boubée lui dit : « Je plaiderai et je te
» tirerai d'affaire, si tu veux me promettre
» de te tenir tranquille auprès de moi à
» l'audience, et de ne pas souffler le mot,
» quoique je dise, entends-tu bien ? sans
» quoi tu serais condamné. » Le peintre
promit tout. Le jour arrivé et la cause appe-
lée, Boubée laissa son adversaire déclamer
amplement sur la pudeur, sur la faiblesse
et la fragilité du sexe, et sur les artifices et
les pièges qu'on lui tendait ; après quoi prenant la parole : « Je plaide, dit-il, pour un
» laid, je plaide pour un gueux, je plaide
» pour un sot (le peintre voulut murmu-
» rer, mais son avocat lui imposa silence,)
» pour un laid, Messieurs, le voilà ; pour
» un gueux, Messieurs, c'est un peintre,
» et, qui pis est, le peintre de la ville ; pour
» un sot, que la cour se donne la peine de
» l'interroger. Ces trois grandes vérités une
» fois établies, je raisonne ainsi : On ne
» peut séduire que par l'argent, par l'esprit
» ou par la figure. Or ma partie n'a pu

I.

» séduire par l'argent , puisque c'est un
» gueux ; par l'esprit, puisque c'est un sot ;
» par la figure , puisque c'est un laid , et le
» plus laid des hommes ; d'où je conclus
» qu'il est faussement accusé » Les conclusions de Boubée furent admises , et il gagna tout d'une voix.

———

Imitation de Strozza.

Ci-gît un Procureur , qui , le seul au palais ,
Au titre d'honnête homme eut le droit de prétendre.
Passant , viens honorer sa cendre ,
Si tu sais toutefois ce que c'est que procès.
Si par hasard tu l'ignorais ,
Que Dieu te garde de l'apprendre !

———

HENRI ÉTIENNE parle d'un juge de son tems , qui n'avait qu'une formule en matière de procès criminel. Si le prisonnier était vieux : « Pendez, pendez, disait-il , il en » a bien fait d'autres, » S'il était jeune : « Pendez, pendez, il en ferait bien d'autres.»

EPITAPHE.

Cı gît un président avare,
Qui vendit la justice à chaque citoyen ;
Croyant qu'une chose si rare
Ne doit pas se donner pour rien.

———————

LORSQUE Ferdinand le catholique envoya des colonies aux Indes , il prit la sage précaution d'empêcher qu'on n'y menât aucune personne qui eût étudié la jurisprudence , de crainte que les procès ne s'introduisissent dans le Nouveau-Monde.

———————

EPIGRAMME.

La Justice a la balance ;
Ce n'est , comme chacun pense,
Pour juger suivant les lois ;
Mais afin de voir en somme ,
Si les écus du bon homme
Sont légers ou bien de poids.

SANTEUIL disait qu'un procureur était dans le monde comme une chenille dans un jardin, qui mangeait tout ce qu'elle trouvait.

LE LÉGATAIRE UNIVERSEL.

Damis est de Cléon l'unique légataire
On le chicane, il plaide, il gagne son procès ;
Mais le bien de Cléon suffit à peine aux frais :
La justice est son héritière.

UN jour qu'on applaudissait avec enthousiasme une sentence que l'empereur Julien venait de prononcer. « Je serais flatté, dit » le prince, de ces éloges, si je croyais » que ceux qui me les adressent, osassent » me censurer en face, dans le cas où » j'aurais jugé le contraire. »

UN huissier étant allé exploiter dans une maison de campagne, un ami lui demanda comment il avait été reçu. « A merveille, » répondit-il, on a voulu me faire manger.» C'est qu'on avait lâché deux gros chiens qui avaient pensé le dévorer.

L'AVIS AU LECTEUR

Ne plaide pas sur l'avis qu'on te donne ;
Laisse là le procès , crois-moi,
Ton procureur t'a dit que ton affaire est bonne ;
Oui pour lui , mais non pas pour toi.

———————

Une fille alla se plaindre à Charles , duc de Calabre , qu'un gentilhomme l'avait abusée ; le duc condamna le gentilhomme à donner à cette fille cent florins d'or ; mais lorsqu'elle fut partie , il dit au gentilhomme de la suivre , et de reprendre la somme dont elle était chargée. La chose n'était pas aisée : on sut lui faire résistance ; et la fille revint se plaindre de sa violence au duc , qui lui dit : « Si vous eussiez eu autant de soin pour » conserver votre honneur que pour défendre » votre argent, vous ne l'eussiez pas perdu. » Allez, ma fille, n'y retournez plus. »

Dans une juridiction subalterne , un avocat qui plaidait une cause criminelle , cita
Cujas ; le procureur qui était contre lui ,
s'écria : « Messieurs , c'est un faux témoin
» que Cujas , il n'était pas présent à la
» rixe. »

Beautru , considérait un morceau de
sculpture , représentant la justice et la paix
qui s'embrassaient. Voyez-vous , dit-il , elles
s'embrassent et se disent adieu *pour ne se*
revoir jamais.

EPIGRAMME.

Acaste et Lisidor , ces deux plaideurs illustres,
    Dont le procès qui fait éclat,
Scandalise Paris depuis deux ou trois lustres,
    Ont consulté même avocat.
Lui qui ne peut en tout de leurs antipathies
    Empêcher le funeste effet,
Pour les mettre d'accord du moins sur quelque fait,
    Prend de l'argent des deux parties.

DANS une affaire où Aristide était juge, un des plaideurs, pour se le rendre favorable, rapportait tout le mal que sa partie adverse avait fait à Aristide : « Mon ami, dit » celui-ci en l'interrompant, c'est ton affaire » que je vais juger et non la mienne. »

———

LOUIS XI reprochait un jour à Miles d'Iliers, évêque de Chartres, sa passion pour les procès, et lui dit qu'il voulait l'accommoder avec toutes ses parties : « Ha ! Sire, répon- » dit le célèbre chicaneur, je supplie votre » majesté de m'en laisser au moins 20 ou » 30 pour mes menus plaisirs. »

———

LE BON CONSEIL.

Un de nos forbans du palais,
Dans son tribunal même et pour son propre compte,
Avait je ne sais quel procès ;
Son clerc qui le voyait, sur les moindres objets,
Incidenter sans fin, sans honte,
Et grossir son sac à l'excès,
Lui dit : Maître Issachar, à quoi bon tous ces frais !

L'ouvrage ici surpasse la matière ;
Et rien n'est si douteux , je crois , que le succès
De cette misérable affaire.
N'importe , mon enfant , répondit le corsaire ;
Il faut , quand on écrit , ne se lasser jamais.
Ecrivons donc , nous ne pouvons mieux faire :
Ce n'est qu'en agissant ainsi
Qu'un procureur voit briller son étude.
Ce beau talent m'a si bien réussi ,
Que ma main contre moi veut s'exercer aussi ,
De peur d'en perdre l'habitude.

———————

Un homme passant dans la rue , tenant à sa main une hallebarde , un chien se voulut jeter sur lui ; il lui donna de sa hallebarde sur le corps et le tua sur la place. Le maître du chien se plaignit en justice. L'homme est mandé devant le juge et dit pour ses raisons, que le chien s'est voulu jeter sur lui : « Mais, dit le juge, vous pouviez vous ser-
» vir du manche de votre hallebarde et non
» pas de la pointe. — C'est ce que j'aurois
» fait, repondit l'accusé, s'il n'avait voulu
» me mordre que de la queue. »

CELSE.

ERGASTE, pour plaider pour toi,
Tu m'avais promis vingt pistoles,
Tu n'en comptes que dix , te moques-tu de moi !
Qui croira désormais tes promesses frivoles !

ERGASTE.

N'as-tu pas perdu mon procès !

CELSE.

T'a-t-on garanti le succès !

ERGASTE.

Si tu l'avais gagné, je t'aurais fait ton compte ;
Mais enfin, qu'as-tu dit ! rien n'a paru si froid.

CELSE.

Eh n'ai-je pas rougi de honte
De soutenir un mauvais droit.

———

UN Lacédémonien dit à un criminel qui croyait s'excuser en disant qu'il avait fait son crime malgré lui : « Tu seras aussi puni » malgré toi. »

———

TROIS marchands de bœufs en société, se trouvant à une foire, donnèrent leur argent à garder à une hôtesse, pendant le tems qu'ils feraient leurs affaires. Quelques instans après, l'un d'eux vint la trouver et prétendant qu'ils avaient besoin de leurs deniers pour une emplette, il lui demanda la somme déposée. L'hôtesse ne la lui eut pas plutôt donnée qu'il décampa, et qu'on en n'entendit plus parler. Les deux autres intentèrent un procès à cette femme, parce qu'elle avait délivré l'argent à l'un d'eux, quoiqu'elle se fût engagée à ne le remettre qu'aux trois marchands réunis pour le demander ; la cause citée devant le tribunal, la femme fut condamnée à la restitution. M. Nay, qui débutait alors au barreau, lui conseilla la voie d'appel, et se chargea de la défense ; quand il fut question de plaider : « Ma partie, dit-il, a reçu » l'argent des trois marchands réunis, et » elle avoue qu'elle ne doit le délivrer qu'à » tous les trois ensemble. La somme est » prête, ils n'ont qu'à se montrer, et ils » seront payés sur le champ. » Cette proposition changea entièrement l'opinion des juges, et ce fut la première source de la réputation de ce célèbre jurisconsulte.

EPITAPHE.

Ci gît un procureur de science profonde,
Qui, pendant soixante ans, pilla le bien d'autrui.
Il pleure maintenant, s'il voit de l'autre monde
Que tu lis sans payer les vers qu'on fit pour lui.

———

Un voleur s'excusait en disant : « Je ne savais pas que cela vous appartînt ; mais tu savais que cela ne t'appartenait pas, répondit Démosthène. »

———

Deux Samoïedes étaient de l'assemblée des députés convoqués par Catherine II, pour l'aider à dresser un code de lois. L'impératrice les pria de proposer celles qu'ils croyaient pouvoir être avantageuses à leurs pays. Un d'eux répondit : « Nous avons très-peu de lois, et nous n'en désirons pas davantage. » — Comment, dit la souveraine, n'avez-vous pas des crimes ? N'y a-t-il pas chez vous des personnes coupables de vol, de meurtre ou d'adultère. Si vous avez des crimes, vous devez avoir des punitions, et la punition suppose une loi. — Nous avons des crimes, répliqua le député, et ils sont punis sévèrement. Si un homme en fait mourir un autre injustement, il doit aussi mourir. « A ces mots le Samoïède s'arrêta ; il crut en avoir assez dit. — Mais quelles sont, dit sa majesté, les punitions attachées au vol et à l'adultère ? — Comment dit le député, en témoignant beaucoup de surprise, ces crimes ne sont-ils pas assez punis en étant découverts !

LE MAUVAIS EXPÉDIENT.

CLAIRVAL.

Eh bien, Damon ! comment va ton procès ?
Voilà, je pense, une vilaine affaire.

DAMON.

Pas si vilaine ! et même avec succès,
J'en sortirai.

CLAIRVAL.

      Mais que prétends-tu faire ?

DAMON.

Tiens ! le voici. Depuis plus de six mois,
J'ai pris à cœur d'étudier les lois,
Et puis dans peu je plaiderai moi-même.
Par ce moyen j'aurai, comme tu vois,
Sur mon rival un avantage extrême.

CLAIRVAL.

Sur ton rival ! ah ! sors de cette erreur.
Vraiment ! au lieu de la jurisprudence ,
Il étudie et juge et procureur ,
Et sait répandre à propos la finance.

DAMON.

A quoi tend donc tout ceci ?

CLAIRVAL.

Le voilà :
C'est que tous deux gagnerez à cela ,
Lui son procès, et toi.... de la science.

———

UN paysan , nouvellement débarqué à Paris, demandait à un procureur , en regardant le palais , ce que c'était que ce grand édifice : « c'est un moulin, lui répondit le procureur. — Je m'en doutais , dit le paysan, en voyant tous ces ânes à la porte qui portent des sacs. »

———

UN Normand avait nié en justice, un dépôt confié et violé la religion du serment. Sa partie adverse en sortant l'accabla de reproches. « Entre vous et moi , lui dit le parjure, je ne nie point le dépôt; mais quelle nécessité que les juges soient instruits de nos affaires. »

────────

LE REPROCHE.

Lorsque dans ce sénat à qui tout rend hommage,
    Vous haranguez en vieux langage,
    Paul , j'aime à vous voir en fureur
    Gronder maint et maint procureur ;
    Car leurs chicannes sans pareilles
    Méritent bien ce traitement ,
    Mais que vous ont fait nos oreilles ,
    Pour les traiter si durement ?

────────

Un avocat nommé Adam, faisait ordinairement les harangues que devait prononcer un avocat-général du parlement de Toulouse; il vint à tomber malade, l'avocat-général, ayant un discours à débiter, le composa comme il put et le fit très-long et très-ennuyeux; pendant qu'il le prononçait, un conseiller qui s'amusait de son embarras, dit à demi-voix, en citant les paroles de Dieu dans le livre de la Génèse : *Adam ubi es!* Adam où es-tu.

Un enfant dit à sa mère qui lui apprenait qu'elle venait de perdre un procès : « Ha ! maman, combien je suis aise que vous ayez à la fin perdu ce vilain procès qui vous tourmentait tant. »

———

Devant ce juge, hélas! tu ne m'as intenté
    Nul procès que tu ne l'emportes ;
    Le bon droit est de mon côté,
    Mais tes perdrix sont les plus fortes.

———

Le philosophe Bias, forcé de condamner à mort un criminel, versait des larmes sur le sort de cet infortuné : « Pourquoi pleurez-vous ? lui demanda quelqu'un, ne dépend-il pas de vous de condamner ou d'absoudre cet homme ? Non, répondit ce sage; la justice et les lois exigent que je le condamne ; mais la nature demande à son tour que je m'attendrisse sur le malheur de la triste humanité. »

———

Un prédicateur de carême donna des avis pieux à toutes sortes d'états, d'âges et de conditions : on fut très-content de lui ; mais

les huissiers allèrent le trouver et lui dirent :
vous avez fait des merveilles, tout Paris est
satisfait ; mais vous nous avez oubliés : mes
chers enfans leur dit ce moniteur, je vous
destine mon premier sermon ; il monte en
chaire et leur adressant la parole : « Messieurs les huissiers, leur dit-il, aimez-vous
bien les uns les autres, car le public ne vous
aime gueres. »

LE JUGE COMPLAISANT.

Des traiteurs d'un air mécontent,
Exposèrent amèrement
Au juge de l'endroit qui tenait audience,
Que l'on n'apportait plus de dindons au marché.
Le juge, homme de conscience,
Dit : mes enfans, j'en suis fâché ;
Qu'y faire ! prenez patience.
Mais voyant à ces mots les esprits s'irriter ;
Allons, allons, Messieurs, ajouta-t-il, silence !
J'aurai soin de m'y transporter.

Un homme qui avait épousé cinq femmes,
fut arrêté et condamné devant le tribunal
de l'officialité de Londres. Le juge lui

ayant demandé pourquoi il avait épouse tant
de femmes à la fois : C'était, répliqua-t-il,
pour tâcher d'en trouver une bonne, et m'y
attacher. --- Oh! dit le juge, puisque vous
ne pouvez pas trouver une bonne femme
dans ce monde, vous réussirez peut-être
mieux dans l'autre, et en même tems il pro-
nonca sa sentence de mort.

———

Un jeune Egyptien, épris d'amour pour
la courtisanne Théognide, rêva une nuit
qu'il couchait avec elle, et sentit à son
réveil, sa passion refroidie ; la courtisanne
l'ayant su, le fit appeler en justice, lui
demandant sa récompense, puisqu'elle avait
guéri sa passion et satisfait son désir. Le
juge ordonna que le jeune homme apporterait
dans une bourse, la somme promise; qu'il
la jetterait dans un bassin, et que la courtisanne se payerait du son et de la couleur
des pieces, comme l'Egyptien s'était contenté
d'un plaisir imaginaire.

LES FRAIS DE JUSTICE.

O l'invention salutaire
Que la justice avec dépens !....
Vous disputez un pied de terre,
Il vous en coûte dix arpens.

———

UN juge consultant Barthole et Cujas, et les trouvant plusieurs fois d'avis différent, mettait à la marge : « Question pour l'ami. » Et dans ces cas jugeait toujours pour celui qu'il favorisait.

———

JE me suis trouvé une fois à l'interrogation d'un criminel. Lorsque les juges voulurent le faire asseoir sur la sellette, il refusa de le faire, disant : Messieurs, il ne m'appartient pas de m'asseoir en votre présence.

———

UN procureur mettait à chaque ligne deux mots tout au plus et une virgule. Il n'y avait dans une grande ligne que ces mots : *il y a ;* les juges indignés trouvèrent encore de la place pour mettre, dix écus d'amende pour le procureur.

EPIGRAMME.

Pour une affaire d'importance,
Iris sollicitait un jour ;
Son rapporteur avec instance
La sollicitait à son tour.
La vertu d'Iris fit naufrage ;
Son affaire eut un bon succès.
Elle perdit son pucelage ;
Mais elle gagna son procès.

———

Un conseiller s'endormait quelquefois. Un jour que le président de la chambre recueillant les voix de la compagnie, et lui ayant demandé la sienne, il lui répondit en se réveillant en sursaut, et à demi endormi, qu'on le pende. Mais c'est un pré, lui dit-on, dont il s'agit : à quoi il répliqua : qu'on le fauche.

———

Un plaideur demandait à Agésilas, roi de Sparte, des lettres de recommandation pour un juge qui était de ses amis : « Mes amis, dit le roi, n'ont pas besoin de recommandation pour rendre justice. »

EPIGRAMME.

POLIDORE obtient audience ;
Il gagne un procès d'importance ,
Le fonds était de mille écus ;
Les frais sont de deux mille et plus.
Tous dépens compensés , il se trouve insolvable ;
De nouveau pour les frais on vient le chicaner :
S'il en gagne encore un semblable ,
C'en est assez pour le ruiner.

LA cause d'une saisie de vingt - quatre bourriques chargés de plâtre, ayant été portée à une chambre du parlement de.... Le président renvoya cette affaire au plus ancien avocat pour la juger. Comme un de ses confrères s'en scandalisait , l'avocat lui dit : « Ne voyez-vous pas bien que ces messieurs » ne peuvent pas juger en cette cause ? Ils » sont parens au degré de l'ordonnance. »

SOUS Pierre le Cruel , roi d'Espagne , un chanoine de Castille ayant tué un cordonnier, fut seulement condamné par ses juges à n'assister d'un an dans le chœur. Le fils du cordonnier, désespéré de cette injustice, et voulant venger la mort de son père, tua le chanoine. Pierre le Justicier, informé du fait, se contenta de condamner le cordonnier à rester un an sans faire des souliers.

———

Un procureur à qui on faisait un jour scrupule de quelques tours d'adresse de sa profession, dit, en montrant un écu : « Vous » voyez bien cet écu ; Dieu ne se soucie pas » plus qu'il soit dans votre poche que dans » la mienne, parce qu'il en est toujours le » maître. »

———

QUEL PROCUREUR !

Damis, Damis, monsieur Subtil,
Ton procureur, comment va-t-il?
— C'est fini. — Quoi ! la mort... — Je m'en vais
       te surprendre.
Tu sais, quand on pouvait l'entendre,
Si de mourir il avait peur?
— Je sais ; après? — Et bien, j'allais t'apprendre
Qu'hier, en dépit du docteur,
Et des soins qu'on voulut lui rendre,
Il est mort sans vouloir rien prendre.
— Sans rien prendre! oh! quel procureur!

Un ennemi de Galilée, professeur dans la même université, le cita devant le tribunal de la réforme. Il lui reprocha d'entretenir trois femmes, deux à Padoue, et une à Venise. Galilée répondit tout simplement : « Qu'il avait de grands besoins, et qu'il » ne s'était jamais embarrassé de la manière » dont son adversaire les satisfaisait. » Les Réformatis en ayant conféré, le président prononça que, « vu l'insuffisance des appointe- » mens de l'accusé, pour fournir à ses be- » soins, la république les doublait en l'ex- » hortant d'en faire un bon usage. »

Des juges prévenus contre un avocat, dont la cause était mauvaise, se levaient pour aller aux opinions. Celui-ci cependant ne cessait de demander audience. Enfin, voyant que le jugement allait être prononcé, il dit en élevant la voix : « Je demande acte » à la cour du refus qu'elle fait de m'enten- » dre, afin de me justifier envers ma partie » qui est à cent lieues d'ici. » Cette demande frappa les juges ; ils reprirent leur place

pour donner audience à l'avocat, qui plaida
avec tant d'éloquence, qu'il gagna la cause
avec dépens.

L'EXCELLENTE CAUSE.

CONTRE son séducteur Damon,
La naïve et charmante Hortense,
Du vieil avocat Lisimon
Vint toute en pleurs invoquer l'éloquence.
Si vous n'appuyez pas vos faits
Sur de meilleurs moyens, je ne puis point, ma belle
Sans vous tromper, répondre du succès,
Dit l'avocat, contre notre infidelle.
Hortense au désespoir, sort, et le lendemain
Revient chez Lisimon. Nouveaux moyens, dit-elle,
Le monstre m'a séduite encore ce matin.

DES juges étaient fort embarrassés sur le
genre de peine auquel ils devaient condamner
un voleur dont ils jugeaient le procès; la
chaîne des galériens passa alors dans leur
ville; ils apprirent cette nouvelle; ils ordon-
nèrent que le voleur serait condamné aux
galéres, attendu la commodité de la chaîne.

U~N~ procureur recevant de sa partie, un chapeau, lui dit : ne vous inquiétez point, allez, j'ai votre affaire en tête, j'en aurai soin.

U~N~ mauvais payeur passa une obligation payable à sa volonté. Assigné devant le juge, il soutint que sa volonté n'était pas encore venue : Eh bien, dit le juge, qu'on le mette en prison jusqu'à ce qu'elle vienne : elle arriva dans le moment.

LE VERRE CASSÉ.

S~UR~ l'échafaud un ivrogne expirant,
Demande à boire : on lui présente un verre.
Lors à sa bouche il le porte en tremblant ;
Le verre échappe et se brise sur terre.
Je suis perdu ! dit-il à l'homme noir,
Qui l'exhortait. Puis de l'air le plus sombre,
Il ajouta : Quand j'en ai laissé choir,
Il m'est toujours arrivé quelqu'encombre.

U~NE~ jeune comtesse dont les charmes étaient susceptible de prévenir en faveur d'un mauvais procès, fut solliciter un ma-

gistrat qui devait juger un différent que son
cousin avait contre un marchand. Ce marchand était alors dans le cabinet de son juge,
qui trouvait son affaire si claire, si juste,
qu'il ne put s'empêcher de lui promettre
gain de cause. Au même instant la jeune
femme parut dans le salon voisin. Son port
majestueux avait quelque chose d'imposant ;
sa parure élégante, ses cheveux artistement
arrangés, sa robe leste et légère, donnaient
un nouvel éclat à sa beauté. Notre juge
ne put la voir impunément, son cœur fut
épris du plus vif sentiment; il courut à
elle et lui demanda le sujet de son aimable
visite. Son abord, son air, le son de sa voix,
tant de charmes enfin, le subjuguèrent si bien
qu'en ce premier moment il fut plus homme
que juge, et promit à la belle solliciteuse
gain de cause pour son cousin. — Voilà
le juge engagé des deux côtés; en rentrant
dans son cabinet il trouva le marchand désolé :
« Je l'ai vue, s'écria le pauvre homme hors
» de lui-même, je l'ai vue celle qui sollicite
» contre moi ; comme elle est belle ! Ah

« monsieur, mon procès est perdu. » ---
Mettez-vous à ma place, répondit le juge
encore tout interdit et plein de l'objet qu'il
venait de voir : ai-je pu lui refuser ce qu'elle
me demandait ! Mais soyez tranquille, vous
ne perdrez rien. En disant cela, il tira
d'une bourse 200 louis, (c'était à quoi pouvait monter la prétention du marchand) les
lui donna, et se retira confus de sa faiblesse.
La jeune dame ayant appris la chose, craignant d'avoir trop d'obligations à un juge si
généreux, lui renvoya sur-le-champ les deux
cents louis ; le cousin aussi galant que la
comtesse était scrupuleuse, les lui rendit
aussitôt. C'est ainsi que chacun fit ce qu'il
devait faire. Le juge craignit d'être injuste,
la jeune dame d'être trop reconnaissante, le
cousin paya, et le marchand fut soldé.

A UN MAUVAIS DÉBITEUR.

Vous rendez fort soigneusement
Une visite, un compliment,
Une grâce qu'on vous a faite.
Vous rendez tout, maître Clément...
Excepté l'argent qu'on vous prête.

Un chat s'était introduit au parlement , dans l'assemblée des chambres , ce qui avait attiré l'attention. M*** , président à mortier, aimant beaucoup cette espece d'animaux, prit le chat, et le cacha sous sa robe , croyant arrêter par là le désordre et le scandale ; mais l'ingrat animal ne cessant de l'égratigner et de miauler , il fallut le mettre à la porte. Ce petit évènement fit faire l'épigramme suivante :

Tandis qu'au temple de Thémis ,
On opinait sans rien conclure ,
Un chat vient sur les fleurs de lys
Etaler aussi sa fourrure.
Ho ! ho ! dit un des magistrats ,
Ce chat prend-il la compagnie
Pour conseil tenu par les rats ?
Non , reprit son voisin tout bas;
C'est qu'il a flairé la bouillie
Que l'on fait ici pour les chats.

Dans une audience où l'on faisait beaucoup de bruit, le juge dit : « Huissier, qu'on » fasse silence; nous avons jugé je ne sais » combien de causes sans les entendre. »

UN avocat qui défend une cause, se voit souvent dans la nécessité d'employer toutes sortes de moyens, parce que chaque juge à son principe, bon ou mauvais suivant lequel il se décide. Dumont célèbre avocat, était persuadé de cette vérité. Cet orateur plaidant à la grand'chambre, mêlait à des moyens victorieux, d'autres moyens foibles ou captieux. Après l'audience le premier président de Harlay lui en fit des reproches. Monsieur le président, lui répondit-il, un tel moyen est pour monsieur un tel ; cet autre pour monsieur un tel. Après quelques séances, l'affaire fut jugée et maître Dumont gagna sa cause. Le premier président l'appela et lui dit : « Monsieur Dumont vos paquets ont » été remis à leurs adresses. »

Sur un palais qu'on bâtit près d'un marché.

> D'où vient qu'on a tant approché
> Cette justice du marché !
> On le peut aisément comprendre,
> C'est pour montrer qu'elle est à vendre.

L'AVOCAT d'une veuve, qui avait un procès de famille qui durait depuis quatre-vingts ans, dit un jour en plaidant devant le premier président de Verdun : Messieurs, les parties adverses qui jouissent injustement du bien de mes pupilles, prétendent que la longueur de leur oppression est pour eux un titre légitime, et que nous ayant accoutumés à notre misère, ils sont en droit de nous la faire toujours souffrir. Il y a près d'un siècle que nous avons intenté action contre eux; et vous n'en douterez point, quand je vous aurai fait voir par des certificats incontestables, que mon aïeul, mon père et moi sommes morts à la poursuite de ce procès. Avocat interrompit le premier président, « Dieu veuille avoir votre ame, et fit appe- » ler une autre cause. »

LE MOT DE L'ÉNIGME.

JE vous proteste sur mon ame,
Disait Eglé , que je hais les procès.
Je le crois bien , répond Damis ; madame
Accorde tout sans disputer jamais.

B...x , ci-devant cordonnier , bon artiste , mais sans génie, obtint par intrigue une place au parlement de.... En prononçant un jour un plaidoyer et suivant la routine de nos modernes orateurs , entassait sans goût et sans raison , ces longues phrases que l'on retrouve dans tous les écrits du jour ; une période entre autres se trouva si étendue , que , malgré sa poitrine de Stentor , les derniers mots expiraient sur ses levres privées du souffle créateur. Dans ce moment l'avocat adverse lui répliqua : maître B.. x , croyez-moi , reprenez votre *haleine !*

LE GASCON PRISONNIER.

CERTAIN Gascon traitait fort durement
  Monsieur *Verroux* , gardien de son asyle.
Mais je suis très-surpris , l'ami , de votre style ,
  Lui dit le geolier mécontent.
Remarquez toutefois qu'il me serait facile
De faire réprimer ce ton impertinent.
  —Hé ! qué lé diable vous emporte ,
Répondit Cadédis ! — Encor ! — Certainement !
  Sans me sermonner de la sorte ,
  Puisqué jé suis un insolent ,
  Agissez-en tout uniment ,
  Et faites-moi passer la porte.

Un procureur très-avare mourut à Paris, et laissa une riche succession : l'héritier pour honorer la mémoire du défunt, s'avisa de commander une épitaphe en vers français, et promit de bien payer celui qui l'emporterait au concours. Plus de vingt concurrens disputèrent le prix qui fut accordé à la louange la plus excessive. L'un des poëtes disgraciés se vengea par l'épitaphie suivante :

> Ci-gît l'affamé Pancrace,
> Homme expert en paperace ;
> De qui la plume vorace
> Mangea jusqu'à la besace
> De tous ses cliens et leur race.
> Passant, ris de sa disgrace :
> Maintenant froid comme glace,
> Le bourreau fait la grimace
> De ce qu'un curé tenace
> A pour loger sa carcasse,
> Vendu trop cher cette place.

Un étranger ayant vendu à une impératrice Romaine des fausses pierreries, elle en demanda à son mari une justice éclatante.

L'empereur, plein de clémence, mais ne pouvant la calmer, condamna pour la satisfaire, le joailler à être exposé dans l'arène. L'impératrice s'y rendit pour jouir de sa vengeance. Au lieu d'une bête féroce, il ne sortit contre le malheureux qui s'attendait à périr, qu'un agneau qui vint le caresser. L'impératrice s'en plaignit à l'empereur. « Madame, répondit-il, j'ai puni le criminel suivant la loi du Talion; il vous a trompée, » il a été trompé. »

———

Un paysan avait confié un procès à un procureur; il ne se mettait point en état de le payer. Le procureur lui dit : mon ami, ton affaire est si embrouillée que je n'y vois goutte. Le paysan, qui compris le sens de ces paroles, tira deux écus de sa poche qu'il donna au procureur en lui disant : «Monsieur, » voilà une bonne paire de bésicles. »

———

Deux jurisconsultes choisirent Diogène pour leur arbitre. Il les condamna tous les deux; l'un parce qu'il avait effectivement volé ce dont on l'accusait ; et l'autre , parce qu'il se plaignait à tort , puisqu'il n'avait rien perdu qu'il n'eût volé lui-même à un autre.

L'AVOCAT APPRÉCIÉ.

HIER , dans une compagnie ,
On élevait au ciel l'avocat Criardet,
  Fort au barreau , faible en galanterie.
  Il parle trop dit Emilie,
  Et jamais il ne vient au fait.

ON connaît l'épigraphe des quatre P , mis à l'entrée de Pontchartrain. Ces quatre P signifiaient : *premier président du parlement de Paris.* Un plaideur en attendant le moment de l'audience , les interprêta ainsi : Pauvres Plaideurs , Prenez Patience.

UNE aventure un peu scandaleuse étant arrivée dans un couvent peu éloigné de Paris, fit tant de bruit que le parlement crut devoir en prendre information. En conséquence, il chargea quatre commissaires de se transporter sur les lieux, avec ordre de faire à la compagnie, un rapport circonstancié de l'affaire. Etant arrivé au couvent, on fait venir la prieure ; le plus ancien des députés lui dit : Madame, nous sommes venus ici d'ordre du parlement pour vérifier un fait qui lui a été dénoncé, et voir par nous-mêmes l'état où se trouve la mère du St-Sacrement. Monsieur, répondit la prieure, je suis bien mortifiée, mais vous ne pouvez entrer dans l'intérieur de la communauté. — Madame, motivez la raison de votre refus. — Monsieur, nous sommes de fondation royale. — Mais, Madame, le parlement a ses droits. — Et nous, Monsieur, nous avons nos règles. — Cela étant, Madame, nous reviendrons dans trois ou quatre jours.

Un paysan Normand , malin comme la gente de son pays , avait confié en garde à un de ses voisins , une terrine de lait : il vint la redemander ; mais le lait avait disparu. Grande querelle , grand tapage ; il y eut procès. La cause ayant été plaidée devant le juge du lieu , le voisin fut condamné à payer la terrine , quoiqu'il soutint que c'était les mouches qui l'avait mangée. Il fallait les tuer, lui dit le juge. Quoi ! répond le paysan , est-il donc permis de tuer les mouches ? Oui répond le juge, par-tout où vous les trouverez ; je vous le permets. Au même instant le paysan, voyant une mouche sur la joue du juge , s'approcha de lui , et lui donna un bon soufflet , disant : la voici cette gueuse de mouche ; je gage que c'est une de celles qui ont mangé le lait. Le juge reçut le soufflet , et n'osa se plaindre , vu la permission qu'il lui en avait donné.

DEUX lois gouvernent le monde, disait un jour un célébre avocat à M. Trudaine, la loi du plus fort et celle du plus fin.

IMITATION DE MARTIAL.

LIV. 6, ÉP. 19.

POUR trois moutons qu'on m'avait pris,
J'avais procès au bailliage ;
GUI, le phénix des beaux esprits,
Plaidait ma cause et faisait rage.
Quand il eut dit un mot du fait,
Pour exagérer le forfait,
Il cita la fable et l'histoire,
Les Aristote, les Platons ;
GUI, laissez-là tout ce grimoire
Et retournez à vos moutons.

UN négociant, aveugle de naissance, ayant refusé d'acquitter une lettre-de-change tirée *à vue* sur lui, le porteur se pourvut par la voie ordinaire, et le fit condamner à payer la somme principale et les frais. L'aveugle

a intenté un procès à ce créancier de mauvaise humeur, et demandé le remboursement
des frais auxquels il a été condamné, attendu
qu'on ne peut raisonnablement tirer une
lettre à vue sur un infortuné qui n'a jamais
joui de la lumière.

———————

Un très-grand seigneur ayant envoyé à
Thomas Morus, deux grands flacons d'argent d'un prix considérable, pour se le rendre
favorable dans un procès important. Ce magistrat les fit remplir du meilleur vin de sa
cave. Vous assurerez votre maître, dit-il,
à celui qui les avait apportés, que tout le
vin de ma cave est à son service.

———————

EPITAPHE D'UN PENDU.

Ci-Gît dont s'il t'en prend envie,
Deux mots vont t'apprendre le sort :
Une parque a filé sa vie,
Un cordier a filé sa mort.

4.

Un paysan qui plaidait, alla voir son avocat, qui lui dit : mon ami, tu perdras ton procès, la loi décide formellement contre toi : il lui montre en même temps dans son corps de droit, la loi en question. Le paysan lui dit alors : Monsieur, ne laissez pas de plaider, que sait-on ? les juges se tromperont peut-être.

Dans ce temps-là une affaire appela l'avocat hors de son cabinet ; il y laissa le paysan qui profita de cette absence pour déchirer la feuille où il avait remarqué la loi dont il s'agissait : il mit ce feuillet dans sa poche, et il s'échappa secrettement. L'avocat plaida avec beaucoup de vivacité ; il éblouit les juges, il gagna sa cause. Le paysan, au sortir de l'audience, l'aborda ; mon ami, lui dit l'avocat, tu as gagné ton procès contre mon sentiment. Oh ! monsieur, lui dit le paysan, je ne pouvais pas perdre, parce que j'avais bien caché la loi qui me condamnait. Tenez, la voilà, continua-t-il en lui montrant le feuillet qu'il tira de sa poche.

————

EPIGRAMME.

L'âne de Colin allant boire,
Voulut entrer dans le palais ;
Les clercs, à grands coups d'écritoire,
L'occirent presque sous le faix.
Pourquoi le frapper de la sorte,
Mes bons messieurs, leur dit Colin !
Il croyait entrer au moulin,
Voyant tant d'ânes à la porte.

————

Les femmes plaidaient autrefois à Rome, mais le barreau leur fut intetdit, parce que Calphurnie ayant plaidé une cause qu'elle perdit, elle en fut si irritée contre les juges, qu'elle se découvrit impudemment le derrière, et le leur montra par mépris.

EPIGRAMME.

Je serai donc payé ! — Qu'il est crédule !
—Sais-tu... — Je sais qu'on nous juge demain.
—Peux-tu nier ! n'ai-je pas ta cédule !
—Nier ! non pas : le titre est dans ma main.
—Contre un fripon le ciel est mon refuge !
—L'or est le mien ; je réponds du succès.
—J'aurai pour moi le bon droit. — Moi le juge.
—Ah ! jour de Dieu ! j'ai perdu mon procès.

Deux huissiers nouvellement reçus , furent chargés d'une contrainte contre un village , pour le payement d'un reste de taille. Ils eurent affaire à des gens qui prirent mal la chose , et ils furent battus. Ils ne manquèrent pas d'en dresser procès-verbal , et d'y insérer les excès commis contre les membres de la justice. « Lesquels assassins , disaient-ils , en » nous outrageant et excédant , prenaient » Dieu de la tête aux pieds , et proféraient

» tous les blasphêmes imaginables , soute-
» nant que nous étions des coquins , des
» fripons , des scélérats et des voleurs ; ce
» que nous affirmons véritable , en foi de
» quoi , etc. »

L'ESPOIR TROMPÉ.

Oui , ce fripon prétend que je lui dois ;
Mais par Thémis ma cause est défendue.
Je gagnerai... le bon droit est pour moi...
—Ah ! mon ami , ton affaire est perdue !

UN célèbre magistrat , ayant manqué de
mémoire dans un discours qu'il prononçait à
l'ouverture du palais , dit à ses auditeurs sans
se déconcerter : « Ma mémoire est une an-
» cienne domestique , qui se lasse de me
» servir ; mais si elle me rend un mauvais
» service , elle vous en rend un bon , en
» vous épargnant la peine de m'entendre. »

LA BONNE PRÉCAUTION.

DE grand matin , chez un banquier fameux ,
Certains voleurs avaient su s'introduire.
Quel coup pour eux ! besoin n'est de déduire
Combien d'avance ils s'estimaient heureux.
Au coffre fort vola toute la bande ;
Mais le banquier les avait prévenus ,
Et la nuit même , avec tous ses écus ,
Le drôle était parti pour la Hollande.

———

UN gentilhomme étant arrivé aux frontières de la vie , jeta les yeux sur deux procureurs de ses amis , qui étaient dans sa chambre. Il les appela , et leur dit : Placez-vous l'un à ma droite et l'autre à ma gauche. Ils lui demandèrent pourquoi il exigeait cela d'eux ? Et ne voyez-vous pas , leur dit-il , que c'est afin de mourir comme N. S. entre deux larrons.

Un avocat célèbre s'était chargé de défendre des batteleurs et farceurs qui avaient un
procès. Le premier président lui marqua de
la surprise de ce qu'il plaidait pour de telles
gens. « Monsieur, lui répondit l'avocat, j'ai
» cru que, puisque la cour avait bien voulu
» leur donner audience, je pouvais plaider
» pour eux. »

SINGULIÈRE CONCLUSION.

Vainement la riche Emilie
Plaide, requiert, conclut et veut
Que d'avec un *Jean qui ne peut*,
Un prompt divorce la délie.
Les experts ayant affirmé
Que l'époux est bien conformé
Quoiqu'en lui la nature dorme,
Les choses de manière iront
Qu'il l'emportera pour la *forme*,
Quoiqu'il n'ait pas droit dans le fonds.

Une femme de Sicyone , outrée de ce qu'un second mari et le fils qu'elle en avait , venaient de mettre à mort un fils de grande espérance qui lui restait de son premier époux , prit le parti de les empoisonner. Elle fut traduite devant plusieurs tribunaux qui n'osèrent ni la condamner ni l'absoudre. L'affaire fut portée à l'aréopage , qui après un long examen, ordonna aux parties de comparaître dans cent ans.

Un avocat borgne , plaidant un jour avec des lunettes sur le nez , dit à ses juges : « Messieurs , dans tout mon plaidoyer je » n'avancerai aucune pièce qui ne soit né- » cessaire. » Sa partie adverse lui répliqua : « Retranchez un des verres de vos lunettes. »

QUATRAIN.

A la porte du palais ,
Cette sentence fut mise :
« On ne sort de tout procès
» Que l'un nu , l'autre en chemise. »

C'ÉTAIT la coutume au parlement d'Aix en Provence, d'exposer les présidens et les conseillers, après leur mort, en habit rouge, la face découverte, et le code sous la tête. Le bon homme Doujat, docteur en droit, disait à ce propos : « Si on n'a pu leur mettre » le code dans la tête, au moins faut-il le » leur mettre dessous. »

SUR UN JUGE IGNORANT.

UN avocat, dont les destins
Font un juge des plus notables,
Croit que la loi des douze tables
N'était que pour les grands festins.

UN homme accusé d'avoir eu un commerce criminel avec sa fille, fut condamné à mort. Quand on présenta la sentence au grand Frédéric, pour la signer, il écrivit au bas : *Il faut prouver auparavant qu'elle est sa fille.*

LE SCRUPULE NORMAND.

Un vieil usurier, nommé Blaise,
Rencontre un jour Matthieu Subtil,
Comme lui natif de Falaise!
Ah! bonjour, Matthieu, lui dit-il,
Au palais j'ai certaine affaire,
Qui dure depuis la Saint-Jean,
(Il s'agit d'un prêt usuraire,)
Sans un témoin, la chose est claire,
Il faudra que j'aille au carcan:
Avec un témoin, au contraire,
J'espère avant qu'il soit un an,
Y faire aller mon adversaire.
Or donc ce témoin important,
Ce témoin qui m'est nécessaire....
—Eh bien! —Vous m'entendez, compère.
Je vous connais fort obligeant;
Mais toute peine vaut salaire,
Voilà dix beaux louis.... — Comment!
Pour dix louis, moi! j'irai faire
Ce qu'on appelle un faux serment!
—Pour dix louis, un jour Constant,
Feu votre père!... —Feu mon père
N'en faisait pas à moins de cent.

(51)

Un procureur voulait se justifier auprès
de M. le président de Harlai, de quelques
petits tours de son métier ; celui-ci, sans
vouloir l'écouter davantage, lui dit en présence de plusieurs personnes qui étaient-là :
« Maître un tel, vous êtes un fripon. ——
Monseigneur a toujours le petit mot pour
rire, lui répondit le procureur sans se déconcerter.

———————

Un paysan portait vendre une charge de
bois, un imbécille ne voulant pas se reti-
rer, fut heurté du paysan, et eut son manteau déchiré. Voulant que le paysan lui payât
son manteau, il le conduisit devant le podestat, lequel après avoir ouï le cas du plai-
gnant, demanda au paysan si cela était vrai :
celui-ci ne répondit jamais rien. Le juge
s'étant tourné vers l'homme du manteau, lui
dit : Que veux-tu que je fasse à un muet ?
Quoi ! muet ? il n'est pas muet, car il
criait tantôt, gare ! gare ! S'il criait si fort,

dit le podestat , d'où vient que tu ne te
retirais pas ! Si tu l'avais fait, il n'aurait
pas déchiré ton manteeu.

LA DOUBLE RESTITUTION.

CONTE.

TANDIS que Cléon consultait
Au palais-marchand une affaire ;
D'un brillant habit qu'il portait ,
Un adroit filou se hâtait
De dégalonner le derrière.
Cléon, qui le sent et voit faire ,
De bons ciseaux tire une paire ,
Et lui coupe tout rasibus
Ce que coupa Pierre à Malchus.
Paix, monsieur , lui dit le pirate!
Car si votre vengeance éclate
Dans ce palais , je suis perdu ,
Et vous allez me voir pendu !
Thémis, ici lorsqu'on l'éveille,
Se venge au même instant.... pardon ,
Monsieur , voilà votre galon.
—En ce cas , voilà ton oreille.

DEUX frères Romains , nommés Clélius , étant couchés tous deux dans le même lit , avec Titus leur père , on trouva le lende- main que le père était mort. Ou ne pou- vait soupçonner personne que ses deux fils. Ils furent accusés de parricide ; mais le juge ayant appris que celui qui était entré dans la chambre , les avait trouvés endormis , les renvoya absous ; ne croyant pas qu'ils eussent pu goûter le sommeil , s'ils eussent été cou- pables d'un tel crime.

EPIGRAMME.

La Justice a les yeux bandés ,
Nous en sommes persuadés ,
Elle ne regarde personne ;
Mais pour voir s'il est bon et beau
L'argent que son greffier lui donne ,
Elle lève un coin du bandeau.

5.

Voici un jugement de l'empereur Claude, dans le goût de celui de Salomon. Une mère refusait de reconnaître son fils, qui revenait fort changé d'un long voyage ; toutes les informations faites, la chose restait encore douteuse. Enfin il eut recours à cet expédient : il ordonna à cette femme de prendre pour époux celui qu'elle n'avait pas voulu reconnaître pour son fils. Mais cette mère jusque-là si opiniâtre, céda à l'horreur d'un inceste, et avoua la vérité.

LA CONSULTATION ÉPINEUSE.

Un avocat fut consulté
Par un tendron d'aimable mine,
Qu'un gars avait trop insulté.
L'homme de loi qui l'examine,
Trouve sous sa simple étamine
Deux grands yeux pleins de volupté,
Certain air de naïveté
Peint sur sa figure enfantine;
Un sein par l'amour agité,

Qui se soulève et se mutine ,
Et semble en sa captivité
Appeler une main lutine
Qui lui rende la liberté.
Notre avocat est transporté :
Il lorgne une taille divine ,
Des pieds mignons et délicats ;
Et ce qu'il voit de tant d'appas
Ne vaut pas ce qu'il en devine.

Avec ces titres de faveur ,
On peut compter sur la ferveur
Du légiste le plus austère.
Le nôtre , expert dans tous les droits ,
Avait , dit-on , plus d'une fois
Pris ses licences à Cythère.
Enfin , près de la belle assis ,
Il voulut , sans détour , sans mystère ,
De son cas savoir le précis.

« Las ! dit la belle désolée ,
» Je vais rappeler mon esprit ,
» Et vous conter comme s'y prit
» Le fripon qui m'a violée.
» Il avait un air tendre et doux ,
» La taille la mieux découplée ,
» Et le regard.... tout comme vous.

Notre jurisconsulte ,
Flatté d'avoir les mêmes traits ,
En ressent une joie occulte ;
Et rajeuni par tant d'attraits ,
S'approche encore un peu plus près
De la beauté qui le consulte.
« Poursuivez ce récit , dit-il ,
» Car votre affaire m'intéresse.
—» Ah ! monsieur, qu'il était subtil !
» Que l'amour inspire d'adresse !
» Ses yeux sur mes faibles attraits
» Se promenaient avec ivresse.
L'avocat qu'un même feu presse,
N'a pas des regards plus discrets.
» Ce n'est pas tout ; sa main hardie
» Saisit la mienne au même instant.
Vous sentez , sans que je le die ,
Que l'avocat en fit autant.
» Ce n'est pas tout : sa perfidie
» Méditait un autre dessein ;
» Et toujours plus audacieuse,
» Sa main bientôt licencieuse,
» Fourrage les lys de mon sein. »

Notre avocat , sur ce modèle ,
Glissant une furtive main ,
Enfile le même chemin.
—» Ce n'est pas tout ; d'un air farouche

» A ses feux je veux m'opposer ;
» Déterminé à tout oser,
» Sa bouche se colle à ma bouche.

L'avocat , que l'exemple touche,
Ravit un semblable baiser.
Ravit ! je faux , on le lui donne.
On feint de n'y pas consentir ,
Mais c'est pour mieux faire sentir
Le prix de ce qu'on abandonne.

Femmes , osez me démentir :
Telle qui jamais ne pardonne ,
Est trop sujette au repentir.

—» Ce n'est pas tout : son feu redouble ;
» Il me transporte malgré moi ,
» Les genoux tremblans et l'œil trouble,
» Je ne sais plus ce que je vois.

L'avocat , non moins troublé qu'elle ,
Répète une leçon si belle.
Tous deux perdent bientôt la voix ,
Tous deux se plongent à la fois
Dans une extase mutuelle.
Notre avocat crut jusqu'au bout
Avoir imité son modèle.

—« Ce n'est pas tout , dit la donzelle.
—« Comment Diable , ce n'est pas tout !

» Qu'avait-il de plus à vous faire !
» Vous m'étonnez : dites , ma chère ,
» Comment la chose se passa!
—» Hé mais , voici tout le mystère ,
» Monsieur , c'est qu'il recommença.»

———

Un Turc , forçat sur les galères de Marseille , avait souvent entendu parler de *banqueroute* ; il demanda l'explication de ce terme. On lui dit qu'un homme mettait à couvert des effets qu'on lui avait confiés et se cachait ensuite , ce qui obligeait ses créanciers à traiter avec lui, en lui laissant la moitié de leurs effets , à condition qu'il rendrait l'autre , et que cela s'appelait faire banqueroute. Sur ce plan , le forçat Turc vola la vaisselle de l'intendant de Marseille, chez qui il allait souvent. Il alla ensuite se cacher avec sa proie , et fit dire à M. l'intendant qu'il faisait banqueroute ; qu'il fallait peser la vaisselle , et qu'il en rendrait la moitié , ponrvu qu'on lui laissât l'autre. Son ingénuité lui sauva la peine de son vol.

M. de Montesquieu disputait sur un fait
avec un conseiller du parlement de Bordeaux,
qui avait de l'esprit, mais la tête un peu
chaude. Celui-ci, à la suite de plusieurs
raisonnemens débités avec fougue, lui dit :
« Monsieur le président, si cela n'est pas
» comme je vous le dis, je vous donne ma
» tête ; je l'accepte, répond froidement
» Montesquieu, les petits présens entre-
» tiennent l'amitié. »

BON MOT DE FURETIÈRE.

Sur le fauteuil de Furetière,
Benserade s'étant assis,
Commença de cette manière
Sa harangue en style précis :
« Pour faire bien des balourdises,
» Et dire beaucoup de sottises,
» Me voilà joliment placé ;
Courage, lui dit Furetière,
Qu'il n'apercevait pas derrière,
» Vous avez fort bien commencé. »

LE CONSEIL DES NÈGRES.

RIEN de plus ridicule, disait un ministre à des courtisans qui l'environnaient, que la manière dont se tient le conseil chez quelques nations Nègres. Représentez-vous un grand salon où sont placées une douzaine de grandes cruches à moitié pleines d'eau : c'est-là que nus, et d'un pas grave, se rendent une douzaine de conseillers d'état. Arrivés dans cette chambre du conseil, chacun saute dans sa cruche, et s'y enfonce jusqu'au cou : c'est dans cette posture qu'on délibère et qu'on opine sur les affaires d'état. Le ministre, voyant le sérieux de ceux qui l'écoutaient, eur dit : Mais vous ne riez pas ; pourquoi cela ? C'est répondit l'un des courtisans, que nous voyons tous les jours quelque chose de plus plaisant encore. Quoi donc, reprit le ministre ? C'est un pays où les cruches seules tiennent conseil.

ANECDOTE DU PALAIS.

Au parlement les juges étaient couverts , et les avocats annonçaient toujours leurs plaidoyers la tête découverte. Il était d'usage que sitôt les premiers mots prononcés , le président invitait l'orateur à se couvrir. Un jour maître Jacquinet portait la parole : Messieurs, dit-il en commençant, les sots se couvrent. . . . . Couvrez - vous , maître Jacquinet , lui dit le premier président , la cour vous le permet.

———

Une femme était menacée comme complice de son mari , mis en jugement pour un délit grave : elle demanda sa liberté : Impossible , dit le juge ; tant que l'affaire du mari sera pendante , la femme ne sera pas élargie.

RÉPONSE NORMANDE D'UN GASCON.

Un Normand d'un Gascon emprunta de l'argent ;
L'aventure est plaisante , et pourtant elle est vraie.
Je ne vous dirai pas par quel cas surprenant ,
  Il s'est trouvé quelque monnaie
  Dans la bourse du Bordelais.
Bref , il eut des écus par extraordinaire.
Quand l'argent fut compté : mon ami , jé voudrais,
  Dit-il , pour terminer l'affaire ,
Qué tu... — Bon , je t'entends , tu seras satisfait,
Et je te donnerai , si tu veux , mon billet.
— Fort bien. — Dis-moi pourtant , crains-tu ma
          banqueroute!
Ma parole d'honneur , à mon avis suffit.
  — Sandis ! cé n'est pas qué j'en doute ;
  Mais... donnez-la moi par écrit.

LE VOLEUR APOSTOLIQUE.

La nuit qui précéda le jour de la Pentecôte de l'année 1785 , un curé des environs de Paris , entendit monter un voleur à la fenêtre de sa chambre , qui donnait sur son jardin. Il se lève, prend un pistolet chargé, va droit à la fenêtre ; le voleur force le contre - vent. Au même instant le pasteur ouvre la croisée ; les voilà nez à nez. Qui va-là, dit le curé ? *Apostolus Domini*, répond le malfaiteur en grossissant sa voix. Le curé lâche son coup en disant : *Accipe Spiritum sanctum.*

DÉCISION GRAMMATICALE.

Naguères j'entendis deux quidams se débattre
Sur un cas important. Ce couple disputait
Pour savoir si tel mot, selon la règle, était
   De trois syllabes ou de quatre.
  Le champion du second sentiment,
  En sa faveur cita le témoignage
  D'un procureur, notable personnage,
Jouissant du renom de parler congrument.
   Ah ! répond l'autre, j'en appelle.
   Vainement vous vous étayez
   Sur des gens de cette sequelle ;
   Par syllabes ils sont payés.
   Toujours ils les trouvent trop longues,
Et jamais procureur ne connut les diphtongues.

LE carosse du chef de la trésorerie s'étant accroché avec celui d'une petite maîtresse, qu'il venait d'abandonner, et avec laquelle il avait dépensé de grosses sommes gagnées par agiotage, elle lui cria : Te voilà donc, bel oiseau, dont j'ai tant tiré de plumes ! Il est vrai, dit le gaillard, mais ce n'est que de la queue, et cela n'empêche pas de voler.

LA RÉTICENCE.

QUELLES poulardes excellentes !
—Elles viennent, monsieur, d'un chapitre du Mans,
Et trois fois au moins tous les ans,
J'en reçois d'aussi succulentes,
Pour un ancien procès que pour lui je défends.
—Sans doute exactement vous suivez son affaire ;
Et vos cliens sont convaincus
Qu'à les faire juger vous ne tarderez guère.
—Je m'en garderai bien, je n'en recevrais plus.

Un fournisseur étant à sa maison de campagne, alla chez un braconnier, et lui dit :
As-tu des perdrix ? — Non. — J'en vis
pourtant voler hier par douzaines. — Ah !
monsieur, tous ceux qui volent ne sont pas
pris.

RÉSULTAT DES PROCÉS.

Les Grecs et les Romains vivaient sans procureurs,
Ils ne connaissaient point ces cruels vexateurs.
Leurs plaintes au sénat par la vertu portées,
Empruntant cette voix étaient mieux écoutées.
Tandis qu'en ces états, par un destin fatal,
Le corps des procureurs est la source du mal.
« Sans cesse feuilletant les lois et la coutume,
» Pour consumer autrui, ce grand corps se consume ;
» Et dévorant maisons, châteaux, palais entiers,
» Rend pour des monceaux d'or de vains tas de papiers.

Un jeune homme qui était accusé d'avoir
empoisonné un de ses parens avec un gâteau,
s'emportait et faisait des menaces à Cicéron.
Courage, mon ami, lui dit cet orateur, j'aime
encore mieux tes menaces que ton gâteau.

6.

ARLEQUIN feint le malade dans une co-
médie : un médecin qui l'a guéri, lui demande son payement ; mais Arlequin refu-
sant toujours de le payer, le médecin le fait
assigner. Lorsqu'ils sont tous deux devant le
juge, Arlequin dit qu'il ne veut pas de la
santé que le médecin lui a donnée, et offre
de la lui rendre, étant prêt de la déposer au
greffe, à condition que le médecin y dépo-
sera la maladie qu'il lui a ôtée ; en sorte
qu'alors chacun reprendra ce qui lui appartenait.

ANECDOTE DE PALAIS.

On jugeait au palais un procès d'importance ;
   Mais on faisait beaucoup de bruit.
   A l'huissier le président dit :
   Chât..., faites faire silence ;
   Car vraiment on ne s'entend pas.
A force de crier : paix-là, messieurs, plus bas,
   Il troublait toute l'audience.
Le président se lève, et lui dit à la fin,
   Huissier, pour Dieu, faites taire *Chât...!*

U N paysan alla consulter un avocat sur une affaire ; l'avocat, après l'avoir exami-née, lui dit qu'il trouvait la cause bonne. Le paysan paya l'avocat de sa consultation, et lui demanda : Monsieur, à présent que vous êtes payé, dites-moi sincèrement : trouvez-vous encore mon affaire bonne ?

————

LA COQUETTE DÉMASQUÉE.

CIDALISE, beauté connue,
Pour n'être rien moins qu'ingénue,
Comme vil séducteur poursuivait Dorilas.
— Mademoiselle, on ne peut pas,
Dit le juge commis pour vider la querelle,
Enlever l'honneur d'une belle
Quand elle défend ses appas.
D'un amant, en ce cas, on doit fuir les amorces.
Le fîtes-vous ? parlez. — Hélas !
Je criai de toutes mes forces.
—Il est vrai, dit un témoin posté là tout exprès ;
Mais... mais ce fut neuf mois après.

Un premier président demandait à M.le Langlois, pourquoi il se chargeait souvent de mauvaises causes. Monseigneur, répondit l'avocat, j'en ai perdu tant de bonnes, que je ne sais plus lesquelles prendre.

UN JUGE A UNE SOLLICITEUSE.

Si je ne gagne mon procès,
Vous ne gagnerez pas le vôtre ;
Vous n'aurez pas un bon succès,
Si je ne gagne mon procès.
Vous avez chez moi un libre accès,
J'en demande chez vous un autre ;
Si je ne gagne mon procès,
Vous ne gagnerez pas le vôtre.

LE SERMENT.

Un domestique fut appelé en témoignage pour attester que son maître avait fait banqueroute et s'était enfui. « Oui, dit-il au juge, je lève la main pour attester qu'il a levé le pied. »

A LA BONNE HEURE.

Un paysan ayant été admis à faire le serment, répondit au juge qu'il ne savait pas
jurer. « Mais, dit-il, j'ai mon fils le grena-
dier, qui s'en acquitte à merveille; je vais
le chercher. »

LA PÉNITENCE.

Un criminel qu'un cordelier
  Accompagnait à la potence,
Voulant avec son Dieu se réconcilier,
Demandait un sursis pour faire pénitence.
Faites que cela soit, dit-il au directeur,
  Et qu'en paix du monde je sorte.
—Non, non; être pendu, est bien sur mon honneur,
  Une pénitence assez forte;
Offrez-la, mon frère, au Seigneur.

LE JUGE RÉCUSÉ.

CERTAIN Gascon frappe un baudet, l'assomme ;
Bref, par le maître en justice est cité :
Il vieut ; on juge, on condamne notre homme.
Dans cet arrêt je vois dé nullité,
Dit le gascon. — Comment ? — Oui, Dieu mé
damne
Si je vous mens ! — La raison ? — La voici,
Replique-t-il, en montrant le bailli ;
C'est qué Monsieur est lé parent dé l'âne.

———

QUELLE différence y a-t-il entre l'auberge
et le palais ? On mange à l'auberge, et l'on
est mangé au palais.

———

LE MAIRE PRÈVOYANT.

Quoi ! tous les ans dresser une potence
De maudit bois ! je n'y puis consentir....
D'un pareil soin, d'une telle dépense,
La ville peut et doit se garantir.
Mon sentiment est, Messieurs, sauf les vôtres,
Que le gibet soit désormais en fer ;
Ce monument nous coûtera plus cher,
Mais ce sera pour nous et pour les nôtres.

UNE femme vint se plaindre d'un vol qui avait été fait dans sa maison par des soldats. Ont-ils tout emporté, dit le capitaine ? Non, monsieur, répondit la femme. Ce ne sont donc pas mes soldats, reprit le capitaine, car ils ne laissent rien.

EPITAPHE.

Ci-gît qui toujours griffonna,
Beaucoup de papier barbouilla ;
Dans l'encre la raison noya,
Comme un Ostrogoth s'exprima,
Contre ses clercs toujours pesta,
Au petit grenier les logea,
Au chant du coq les éveilla,
Maigres repas leur reprocha ;
Aux jours de fête ou de gala,
Dîner dehors les envoya ;
La veuve et l'orphelin pilla,
De leur sang se rassasia,
Tant qu'à la fin il creva.
Clercs et plaideurs, qu'il est bien là !

LES TERMES DE L'ARRÊT.

Un substitut du parlement
Avait un jour contre sa femme,
Certain procès. Apparemment
C'était pour l'honneur de la dame,
Que l'on disait secrettement
Par un quidam digne de blâme,
Etre ébréché sensiblement.
Le mari, poursuivant l'affaire,
Voulut avoir un jugement.
La cour lui répondit en son style ordinaire,
« Soit notre arrêt affiché dès demain,
» Pour le *quidam* payer ce qu'il en coûte.
» Quant à la femme, on la déboute,
» Et vous, *vous y tiendrez la main.*

EPIGRAMME.

Si vous lisez dans l'épitaphe
De Fabrice, qu'il fut homme de bien,
C'est une faute d'ortographe :
Passant, lisez homme de *rien*.
Si vous lisez qu'il aima la justice,
Qu'à tout le monde il la rendit ;
C'est une faute encor ; je connaissais Fabrice :
Lisez, passant, il l'a *vendit.*

Dans la cause d'un grand chantre à qui quelques chanoines , dont il avait troublé le sommeil pendant l'office , voulait contester la police du chœur , l'avocat qui plaidait pour le chantre , s'aperçut que les juges se livraient eux-mêmes au sommeil , il feignit alors d'apostropher les chanoines ses adversaires , et cria d'une voix forte : Quoi ! messieurs, vous dormirez , et il ne me sera pas permis de vous rappeler à vos fonctions ? L'apostrophe eut un double effet , elle réveilla l'auditoire , et l'avocat gagna sa cause.

———————

Un avocat assez mal bâti et fort laid , plaidait contre une bourgeoise ; c'était une cause sommaire et qu'il chargeait de beaucoup de moyens inutiles. La bourgeoise perdant patience , interrompit l'avocat : Messieurs , dit-elle , voici le fait en peu de mots. Je m'engage de donner au tapissier , ma partie adverse , une somme pour une tapisserie de

Flandres à personnages bien dessinés , beaux comme monsieur le président , (c'était effectivement un bel homme) il veut m'en livrer une où il y a des personnages croqués , mal bâtis comme l'avocat de ma partie , ne suis-je pas dispensée d'exécuter ma convention. Cette comparaison , qui était très-claire , déconcerta l'avocat adverse , et la dame gagna sa cause.

LE CENSEUR.

En Suisse , un magistrat sévère
Un jour publia son rescrit
Contre le livre de l'Esprit
Et la Pucelle de Voltaire.
On va chez chaque citoyen
Fouiller jusque dans les ruelles.
Un sergent au grave maintien ,
Après des recherches fidelles ,
S'en vint lui dire : calmez-vous ,
Seigneur baillif, il n'est chez nous
Point d'esprit et peu de pucelles.

Un Breton redemanda à un procureur de ses amis, six francs qu'il lui avait prêtés, disait il, il y avait plus de quinze ans. Celui-ci, pour toute réponse, lui fit présent d'un bouquin rongé de vers. Prenez, dit-il, monsieur, c'est un prix de mémoire que j'ai remporté dans ma jeunesse ; vous le méritez mieux que moi.

CONTRADICTION.

Pain dérobé réveille l'appétit.
A tout péché la loi qui l'interdit,
Est un attrait, est une rocambole.
D'aller de là, de revenir ici,
Est-il permis quand on le veut ainsi !
On s'en soucie autant que d'une obole.
Mais que la loi dise : je le défends,
Nous y courons et notre cœur y vole.
D'Eve en cela nous sommes tous enfans.

UNE querelle entre un Gascon et un Picard, fut bientôt terminée sans le secours de la justice. Le Picard prit un ton ferme, le Gascon prit un air fanfaron; le Picard prit feu, le Gascon prit peur; le Picard prit un bàton, et le Gascon prit la fuite.

———————

UN avocat voyant que ses juges le méprisaient à cause de sa grande jeunesse, leur dit : Messieurs, je suis jeune, mais j'ai lu de vieux livres.

———————

UN vieux président ayant épousé une très-belle et très-jeune personne, laquelle depuis ce temps, prétendait avoir une affaire pendante en justice, et en conséquence elle priait ses amis de l'aider de leurs conseils et mieux encore de leurs services, qu'elle saurait apprécier, son affaire devenant chaque jour plus mauvaise.

DU BONNET CARRÉ.

L'HUISSIER s'en glorifie ;
Le procureur s'en pare ;
L'avocat s'en joue,
Tandis que le juge s'endort.

On en trouve à sifflets et à soufflets ; mais aucun n'a la propriété de donner de l'esprit et du jugement à ceux qui en font usage.

———————

AVIS IMPORTANT.

M.lle Galantine vient de former un établissement en faveur des étudians en droit et de messieurs les procureurs qui viennent à Paris se faire recevoir avocats. Elle se propose de les tenir en pension : les valétudinaires ne payeront que la moitié. Elle se flatte qu'on trouvera chez elle l'utile et l'agréable, à juste prix. Son hôtel, rue Bonne-Fortune, est très-bien garni, et pour plus grande commodité, elle prévient

ces messieurs qu'ils mangeront sur le derrière et qu'elle les logera sur son devant.

Un juge remettait une cause à la huitaine,
l'avocat sollicitait pour qu'elle fût entendue
de suite. De quoi s'agit-il donc, dit le magistrat ? — Monseigneur, de six pièces de vin.
— Oh ! la cour, en effet, peut aisément vider
cela.

Un maître des postes aux chevaux était
venu solliciter le président de Harlai pour
une affaire relative à un procès qu'il avait et
duquel il lui parlait avec tant de volubilité
que M. de Harlai n'y comprenant rien, lui
dit doucement, monsieur, ce n'est pas ici
le cas de courrir la poste.

M. V*** , avocat , arrivant dans la grande
salle du palais, vit nombre de personnes
assemblées et un certain brouhaha ; il demanda le sujet du tumulte , on lui répondit
que c'était à l'occasion d'un voleur qu'on
venait d'arrêter en flagrant délit. Tant mieux,
dit M. V ***, il faut faire un exemple , et
punir ce coquin-là , il lui convient bien de
venir voler au palais sans robe.

Un Avocat disait d'un de ses confrères ,
qui passait pour être ignorant , vous voyez
un tel , il n'y a pas d'avocat plus cher que
lui , il ne donnerait pas un bon conseil pour
cent pistoles.

Un jeune avocat qui plaidait une affaire
criminelle , dit naivement : messieurs , le
jour de la querelle fut une belle nuit.

UN avocat intéressé avait été chargé de la cause d'une demoiselle, qu'il se proposait d'épouser. Le procès fini, il se fit payer de ses honoraires, et beaucoup plus chèrement qu'on n'avait lieu d'attendre. Comme la demoiselle, la première fois qu'il voulut lui faire la cour, lui en fit quelques reproches, il dit : J'ai voulu vous faire connaître combien je suis un bon parti, ayant un état aussi lucratif.

EPIGRAMME.

UN procureur le plus infame,
Qui jamais n'avait rien rendu,
Rendit pourtant sa vilaine ame
Au même instant qu'il fut pendu.

LA bibliothèque de Paris possédait un contrat de mariage, fait en l'an 1297, de deux personnes nobles du comté d'Armagnac, pour sept ans. Ce contrat porte que les parties se réservaient le droit de le prolonger , s'ils s'accommodaient l'un de l'autre. Qu'en cas qu'ils se séparassent , ils partageraient également et par moitié les enfans ; que si le nombre s'en trouvait impair , ils tireraient au sort à qui le surnuméraire échoirait.

———

UN vieil avare pour attacher à son service un laquais qui ne vivait chez lui que trop frugalement , avait fait ce testament : Je lègue et donne au domestique qui me fermera les yeux , douze cents f. et mon domaine de Varrac. Le maître mourut enfin. Le domestique demanda aux héritiers la délivrance du legs qui lui avait été fait. Un d'eux voulut voir le testament ; en lisant ces mots , qui me fermera les yeux , il s'écria avec joie, la donation est nulle. --Eh ! pourquoi donc, monsieur ? -- Mon ami , mon oncle était borgne , tu n'as donc pu lui fermer les yeux.

L'ART ORATOIRE.

Maître Lambin plaidant pour un bâtard,
Disait : Je suis le fils de l'adversaire.
Maître Matthieu s'exprimant d'autre part,
Lui répondit : Quand me l'a-t-on vu faire ?
—L'an du grand froid, le jour du Mardi gras.
Le pauvre enfant ! le voilà dans mes bras !
Père barbare ! embrasse-le sur l'heure.
L'enfant pleurait, et déjà chacun pleure ;
Quand tout-à-coup, interrompant Lambin,
Qui dans son ame était gai comme un prince,
Matthieu se lève et demande au Bambin :
Qu'avez-vous donc à pleurer ! —Il me pince.

STYLE DU PALAIS.

Pour mille écus qu'Amyntas me devait,
Je le cite en notre bailliage.
Maître Picot, qui pour moi s'escrimait,
A vingt louis taxe son bavardage !
On m'appelle au présidial,
Où pour douze cents francs j'achète la victoire.
Amyntas me traduit, à force de grimoire,
Dans le suprême tribunal.

Quand j'eus payé fort cher les secrétaires,
    Les procureurs, les avocats,
Mon rapporteur me dit : « On vante les appas
    » De votre femme, et ses manières :
    » Est-ce qu'on ne la verra pas !
» Non, lui dis-je, Monsieur ; soyez pour Amyntas ;
» Ma femme, Dieu merci, n'entend point les affaires.

LE MOT D'AVIS.

Eh bien ! Rolet, toujours fripon !
Je viens encor de vous y prendre.
La première fois, sur mon nom !
Soyez sûr que je vous fais pendre.
—Ce que monsieur le président,
Par amitié, vient de me dire,
Est on ne peut pas plus plaisant :
Il a toujours le mot pour rire.

EPIGRAMME.

Un malfaiteur, conduit à la potence,
Où ses forfaits devaient être punis,
Sur le point de finir sa coupable existence,
Ecoutait d'un air très-soumis,

Le confesseur, qui lui disait : Mon fils,
Bientôt vous allez voir les saints du paradis ;
A vos remords vous devrez cette grace :
Sentez-vous bien la douceur d'un tel sort ?
Oui, dit l'autre ; et pourtant vous m'obligeriez fort
Si vous vouliez, mon père, y monter à ma place.

LE NORMAND

QUI PREND SON TEMPS.

CONTE.

CERTAIN Normand qu'on menait pendre,
De vers la place où la hart l'attendait,
   Très-lentement s'acheminait,
Et n'avait pas de courage à revendre.
   Celui qui le conduit au trait
   De loin lui montre le gibet,
   Et de hâter le pas l'excite.
Mon bon monsieur, répartit-il, non ferai ;
   J'y serai toujours assez vite
   Pour le plaisir que j'y prendrai.

LE CONSEIL INTÉRESSÉ.

Un peintre, à Nicolas, son gendre,
Avait emprunté dix écus.
Nicolas les demande et reçoit un refus;
L'autre niait devoir ce qu'il ne pouvait rendre.
La cause étant portée au tribunal du lieu,
On fit jurer le peintre. Il hésitait un peu ;
Mais sa femme était là derrière,
Qui lui dit : Jure donc, vaurien,
Puisque tu gagnes à le faire :
Tu jures si souvent pour rien.

CONTE.

Certains voleurs exerçant leur métier
Dans la capitale du Maine,
Avaient pris pour se rallier
Chacun un nom des jours de la semaine.
Dimanche était celui du capitaine,
Et *Lundi*, *Mardi*, *Mercredi*,
Jeudi, *Vendredi*, *Samedi*,
Les noms du reste de la bande.
Depuis deux mois, plus d'un bourgeois Manceau
Etait en butte à leur brusque demande.

8

Tantôt *Lundi* rapportait un manteau,
Une pelisse, une basque coupée.
    Mardi, par une autre équipée,
    Revenait avec une épée,
    Une montre, un jonc, un chapeau.
Mercredi, *Jeudi*, de leurs courses
    Avec *Vendredi*, *Samedi*,
    Recueillaient tabatières, bourses,
Et cætera. Le septuor hardi
    Comprenait tout dans son domaine.
    Un beau jour, *Dimanche* fut pris.
    Notre drôle, mis à la gêne,
    Dénonça, trahit ses amis;
    Et le lendemain, sans sursis,
    L'on pendit toute la semaine.

EPIGRAMME.

Dans une ville, un jour, certain escroc Gascon
Avait à la sourdine ouvert un pharaon.
Le galant, dès le soir, avait fait mainte dupe;
Encore une séance, il faisait maint fripon.
Le gouverneur le mande : — Oh çà ! maître larron,
A dresser ton gibet, par mon ordre on s'occupe.

Dans deux heures sorti , sinon dans trois hissé.
—Eh! monseigneur , donnez-moi la semaine :
  On m'a toujours accordé la huitaine
    Dans les lieux dont on m'a chassé.

LE VOLEUR CASUISTE.

Un filou vit un jour mettre dans le cercueil
  Certain muphti décédé de la veille,
    Et convoita du coin de l'œil,
  L'or , les rubis et mainte autre merveille ,
Où l'on voit des muphtis survivre encor l'orgueil.
  Mais en filou qui ne perd point la tête ,
    Peu satisfait de convoiter
Les bijoux du défunt , il veut en hériter ,
  Et sur le champ fait son plan de conquête.
    Il examina bien le lien ,
    Et sortit avec le cortège !
    Puis sur ses pas revint dans peu ,
  Pour mettre à fin son projet sacrilège.
    Il retrouve le trépassé
    De même qu'il l'avait laissé.
Soudain il le dépouille , et dans sa main active
Tout passe en un instant... rien n'échappe au larcin.

Enfin , ne pouvant plus accroître son butin ,
   Il prend congé du mort , s'esquive ,
   Et dit : Périsse tout coquin !
Pour moi , je ne fais tort à personne qui vive.

LE BON RÉPONDANT.

   Un jour chez certain président ,
   Vaquait un emploi d'intendant :
Pour le remplir , un quidam se présente.
Une telle recette est assez importante ,
Lui dit le magistrat ; il faut un répondant.
En pourriez-vous trouver ? Las ! dit le pauvre hère ,
   J'en avais un qu'à l'instant , monseigneur ,
Je vous irais chercher , s'il n'eût eu le malheur
   D'être pendu la semaine dernière.

EPIGRAMME.

Par une nuit d'hiver aussi froide que sombre ,
Un procureur fiscal clos à triple verron ,
   Vrai lièvre ayant peur de son ombre ,
   Brave à la plume , était coi dans un trou.

Soudain l'air retentit des cris de Mélusine.
    A l'aide ! à l'aide ! on m'assassine !
Au meurtre ! à moi, monsieur le procureur fiscal !
Lors se barricadant : « Ta cause est des meilleures ;
» Reviens demain matin, l'ami ! c'est tout égal ;
    » Pour dresser plainte, on a vingt-quatre heures. »

LE PICARD et LE NORMAND.

Jeune Picard et Normand vieux matois,
Pour leurs méfaits, allaient subir la corde.
L'enfant d'Amiens, de frayeur tout pantois,
Se lamentait, criait miséricorde.
Le cas est dur, mon fils, je te l'accorde,
Dit le Normand ; mais tu fais le pleurard
Par trop aussi. — Vraiment, dit le Picard,
Je n'y suis fait, d'aujourd'hui je commence ;
Non comme vous, Normand, qui de la hart
Depuis long-tems avez l'accoutumance.

8.

LE PROCUREUR ZÉLÉ.

Chez un procureur de village,
Se présentèrent deux cliens,
L'un et l'autre fort opulens,
Pour procéder suivant l'usage.
Notre homme versé dans les lois,
Sachant ne pouvoir à la fois
Défendre deux partis contraires,
Ne garda qu'une des affaires,
Et renvoya l'autre plaideur
Chez un sien ami procureur,
Auquel en style laconique,
Il fit ce billet énergique :
« Très-cher confrère... un heureux cas
» M'a procuré deux chapons gras,
» Qu'en frère avec vous je partage.
» Celui qui pèse davantage,
» Comme de raison m'est resté.
» A vos soins j'abandonne l'autre.
» Je plumerai de mon côté ;
« C'est à vous de plumer du vôtre.

L'ARRÊT SANS APPEL.

NAGUÈRE un procureur contestait pour le pas
 Avec un suppôt d'Hippocrate :
 L'affaire étant trop délicate,
Ils choisissent un tiers pour décider le cas.
Eh! messieurs, de ce doute un seul mot vous délivre ;
 Leur dit l'arbitre en plaisantant;
 Le larron doit aller devant,
 Et c'est au bourreau de le suivre.

———

LA PRÉSENCE D'ESPRIT.

 Un scélérat qu'on allait pendre ,
Dit à son confesseur : Cessez de discourir ;
Mon arrêt seulement me condamne à mourir ,
 Et point du tout à vous entendre.

———

EPIGRAMME.

GUILLOT devait à son voisin LUCAS
Cent écus neufs, depuis sept cent soixante.
Remboursement est toujours fâcheux cas :
Guillot niait et principal et rente.

Lucas piqué l'ajourne au tribunal.
Jurez, Guillot, lui dit le Sénéchal :
Le débiteur lève sa main infame,
Prêt à jurer ; de quoi Guillot confus :
Ah ! malheureux ! dit-il, tu perds ton ame ;
Voire, dit l'autre, et toi, tes cent écus.

LE PROCUREUR AFFAIRÉ.

Messire Harpon, ardent à chicaner,
Se lamentait de n'avoir point d'affaire :
Un Procureur veut toujours besogner.
Foin de l'état de nos célibataires,
Dit maître Harpon ! il me faut décliner
Devant Hymen, prendre femme jolie,
Et ferai lors abondante moisson.
Si fait le sire : il épouse un tendron
Au doux regard, à la mine jolie.
Depuis ce tems, quand à Messire Harpon,
Quelque quidam des affaires s'enquête :
Oh ! répond-il, demandez à Marton ;
J'en ai, ma foi, bien par-dessus la tête.

EPIGRAMME.

Deux maraudeurs , au pied de la potence ,
Tiraient au sort. De remuer le dé ,
L'un ne cessait , craignant mauvaise chance.
Eh ! pourquoi donc , lui fut-il demandé ,
Tarder si fort ! Ma foi, dit-il , j'avoue
Qu'à ce coup là , j'ai répugnance un peu ;
Quand il le faut , comme un autre je joue:
Mais ne me plaît de jouer si gros jeu.

A UN AVOCAT.

On m'a volé : j'en demande raison
A mon voisin , et je l'ai mis en cause
Pour trois chevreaux , et non pour autre chose.
Il ne s'agit de fer ni de poison ;
Et toi tu viens, d'une voix emphatique ,
Parler ici de la guerre punique ,
Et d'Annibal et de nos vieux héros ,
Des Triumvirs , de leurs combats funestes ;
Eh ! laisse-là tes grands mots , tes grands gestes :
Ami , de grâce , un mot de mes chevreaux.

LE VOLEUR SCRUPULEUX.

Plus scrupuleux qu'on ne l'est d'ordinaire
Dans son métier, un honnête Voleur
Le vendredi cessait son ministère,
Et dans ses vols, toujours plein de douceur,
Il ne gardait que moitié pour salaire.
Un homme un jour suivait le grand chemin :
Il court à lui ; votre bourse, bon homme ?
L'homme obéit ; le Voleur tend la main,
Voit sept écus, et toujours plus humain,
En prenant trois, lui rend la même somme.
Mon Dieu ! dit-il, il faudrait trente sous,
Pour l'autre écu ; mon cher, les avez-vous ?
Eh ! non, gardez, reprit le pauvre hère ;
Chut ! attendez, reprit l'autre, j'avais....
Oui, les voilà ; tenez, j'ai votre affaire :
Le bien d'autrui ne me tente jamais.

EPIGRAMME.

Un charlatan débitait au marché
Certain onguent qu'il surfaisait du double.
Par la sambleu, dit un rustre fâché !
A nos dépens c'est pêcher en eau trouble ;
L'hiver dernier, vous l'avez moins vendu.
—D'accord ! moi-même en ai l'ame peinée !
Mais cet onguent est d'huile de pendu,
Et les Normands ont manqué cette année.

EPIGRAMME.

Un vieux Normand à la mort condamné ,
But tant le jour qu'on lui lut sa sentence
Qu'il s'enivra : sans nulle répugnance
A l'échafaud il se vit amené ;
On le dépouille , on l'étend sur la roue:
En pareil cas , un autre eût frissonné :
Lui de sang froid , s'imaginant qu'on joue,
De ce début n'est du tout étonné ;
Bientôt son col , sous la funeste sangle ,
Se rétrécit. Lors ouvrant de grands yeux :
Oh! oh! ceci devient plus sérieux ;
Je crois , dit-il , que ce maraud m'étrangle.

EPIGRAMME.

Dieu fasse paix à Maître Tirasoi !
Des Procureurs c'était le plus habile ;
A quatre clercs il donnait de l'emploi,
Et ces messieurs lui remuait la bile ;
Il les grondait tant que durait le jour.
De votre état apprenez la syntaxe ,
Leur disait-il , et sachez qu'en la cour
Le tems perdu ne passe point en taxe.

LE BOURREAU ET LE PATIENT.

CERTAIN pendard allait être pendu ;
Un capucin l'ennuyait avec zèle,
Et par le col, Samson, le bras tendu,
A reculons le traînait à l'échelle.
Jà du premier au deuxième bâton,
Le carnifex se guindait en arrière :
Mais mon coquin, allongeant le menton,
Ne suivait plus la lesse meurtrière.
« Je vous attends, crioit l'homme au cordon !
» Allons, montez ! dépêchons ! à l'ouvrage ! —
» Non, je ne puis. —Vous ne pouvez ! Pardon !
» Mais,..—Eh bien ! quoi ! --Je n'ai pas le courage.--
» Eh ! ventrebleu, n'avez-vous pas deux pieds,
» Du cœur ? enfant, est-ce ainsi qu'on marchande ?
» Si faut-il bien pourtant que vous montiez,
  » Si vous voulez que l'on vous pende.

EPILOGUE.

NOTRE courroux , lecteurs,
Contre les procureurs
Injustement s'allume ;
Cessons d'en mal parler.
Tout ce qui porte plume
Fut créé pour voler.

FIN.

www.ingramcontent.com/pod-product-compliance
Ingram Content Group UK Ltd.
Pitfield, Milton Keynes, MK11 3LW, UK
UKHW022041170726
13837UKWH00002B/727